27 Avril 1885.

V

VENTE DU LUNDI 27 AVRIL 1885

HOTEL DROUOT, SALLE N° 2

A 2 HEURES

ÉTOFFES ANCIENNES

CURIOSITÉS

Porcelaines de la Chine et du Japon

FAIENCES

SCULPTURES EN TERRE CUITE — BOIS SCULPTÉS

OBJETS VARIÉS

MEUBLES ANCIENS — TAPISSERIES

EXPOSITION PUBLIQUE

Le Dimanche 26 Avril 1885, de 1 heure à 5 heures.

Me P. CHEVALLIER
COMMISSAIRE-PRISEUR
10, rue Grange-Batelière, 10.

M. Ch. MANNHEIM
EXPERT
7, rue Saint-Georges, 7

IMPRIMERIE DE L'ART

CONDITIONS DE LA VENTE

Elle sera faite au comptant.

Les acquéreurs payeront en sus des enchères *cinq pour cent*, applicables aux frais.

L'exposition mettant le public à même de se rendre compte de l'état des objets, aucune réclamation ne sera admise une fois l'adjudication prononcée.

Paris. — Imp. de l'Art. E. Ménard et J. Augry
41, rue de la Victoire, 41

DÉSIGNATION DES OBJETS

ÉTOFFES ANCIENNES

1 — Voile de Saint-Sacrement en broderie d'or fin et soie de couleurs, personnage tenant une banderole avec inscription et un saint ciboire surmonté d'une couronne avec les attributs du pain et du vin.

Encadrement de fleurs et de dentelle d'argent, enrichi de paillettes et de pierreries de couleurs.

2 — Autre voile en drap d'or avec bouquet de roses, fleurs et fruits, encadré de dentelle, de galons et d'une frange d'or fin.

3 — Portière en soie, garnie de galons et d'une frange d'argent.

4 — Deux lés réunis, en soie brochée à fleurs sur fond jaune tissé d'argent.

5 — Très grand dessus de lutrin en soie brochée fond vert à fleurs et frange d'argent. — Long., 2 m. 60 cent.

6 — Deux lés soie moirée, fond bleu à fleurs, brochée en argent.

7 — Pente en soie à fond rose et fleurs en soie blanche, galon et frange d'argent. — Long., 3 m. 50 cent.

8 — Morceau de soie fond chamois, à larges fleurs.

9 — Trois dessus de banquettes en soie brochée, tissée d'or sur fond brun. Époque Louis XV.

10 — Parement d'autel en soie brochée, fond bleu galonné d'or.

11 — Dossier de fauteuil à fleurs violettes et de diverses couleurs, sur fond blanc. Époque Louis XV.

12 — Bandeau en soie brochée à fleurs, sur fond chamois. — Long., 1 m. 30 cent.

13 — Partie de robe composée de deux lés cousus, en soie brochée à bouquets de fleurs sur fond blanc. Époque Louis XV.

14 — Parement d'autel en soie brochée, sur fond grenat, galon et frange d'or.

15 — Petit dossier de canapé broché à fleurs de couleurs, sur fond blanc crème.

16 — Deux lés en soie fond rouge, avec guirlandes de fleurs de couleurs.

17 — Trois lés de robe en soie fond bleu clair, brochée en soie de couleur. Époque Louis XV. — Long., 1 m. 50 cent.

18 — Beau voile de lutrin en soie brochée à personnages, attributs de musique, faisceaux de drapeaux et grandes coquilles. Doublure en soie violette parsemée de bouquets de fleurs. Époque Louis XV. — Long., 2 mètres.

19 — Parement d'autel en soie verte brochée d'or fin. — Long., 2 m. 20 cent.; larg., 70 cent.

20 — Dossier de lit de repos en soie brochée, parsemé de grands bouquets de fleurs et de fruits. Époque Louis XV.

21 — Devant d'autel en soie lie de vin, brochée et tissée d'argent. Époque Louis XIII. — Long., 1 m. 60 cent.

22 — Morceau de soie à rayures brochées et frange dorée.

23 — Tablier en soie blanche à dessin parsemé de feuilles et de fruits, brochés en or fin.

24 — Dos de chape en soie vert clair, à petits bouquets de fleurs violettes. Époque Louis XIV.

*

25 — Dos de chape en soie de couleurs. Époque Louis XIII.

26 — Partie de chape en soie de couleur, brochée à bouquets de fleurs et rinceaux de dentelle. Époque Louis XIII.

27 — Grand lambrequin en drap d'or, avec bouquets de fleurs de couleurs variées, frange dorée. — Long., 3 mètres.

28 — Très longue pente en damas rouge, avec larges galons dorés et frange. — Long., 5 m. 50.

29 — Chasuble avec voile, garnie de dentelle d'argent, à bouquets en couleurs sur fond brun.

30 — Chasuble en brocatelle, dessin rouge foncé et soie de couleur.

31 — Deux chasubles soie de couleur.

32 — Chasuble soie de couleur à raies et bouquets brochés, sur fond gris fer, tissé d'argent.

33 — Deux chasubles soie brochée de couleur.

34 — Chasuble soie moirée violette, très beau galon de soie.

35 — Deux chapes en soie brochée, époque Louis XVI, avec orfrois et chaperon en brocatelle.

36 — Très beau bandeau en soie brochée de couleur, bouquets de fleurs brochés or et argent sur fond grenat. Style rocaille. — Long., 1 m. 60 cent.

37 — Lambrequin de lit en soie brochée à fleurs sur fond chamois ; beau galon doré à torsade. Époque Louis XV. — Long., 2 m. 30 cent.

38 — Petite pente en drap d'or à fleurs, galon à frange dorée. — Long., 1 m. 30.

39 — Devant d'autel en soie à rayures, fond jaune brodé de bouquets de fleurs avec glands et galon doré. — Long., 1 m. 25 cent.

40 — Belle chasuble en soie brochée de roses, tissée de bandes horizontales en or fin.

41 — Bandeau de même soie, tissée d'or. — Long., 1 mètre.

42 — Grand dos de chape en soie tissée d'or à bandes horizontales parsemées de roses avec leur tige ; même étoffe que les deux précédents.

43 — Grande pente soie de couleur, bouquets

de gros fruits, galon de frange dorée. — Long., 1 m. 70 cent.

44 — Dessus de lutrin en soie brochée de couleurs à fleurs sur fond gris. Époque Louis XV — Long., 1 m. 35.

45 — Dessus de lutrin en satin fond blanc, broderie de couleur. — Long., 1 m. 70.

46 — Une chape en brocatelle fond violet.

47 — Chape en velours à dessin avec rayures couleur grenat, orfrois en soie de couleur brochée tissée d'or fin.

48 — Parement d'autel en satin vert tissé d'or et d'argent. — Long., environ 2 mètres sur 1 mètre.

49 — Tapis de table, soie grenat tissée d'or et d'argent. — Grandeur, 1 mètre.

50 — Tapis de table fond violet, tissé d'or avec couronnes de marquis.

51 — Partie de soie verte tissée d'or.

52 — Chape soie de couleur, guirlandes de fleurs de couleurs. Époque Louis XIV.

53 — Bandeau en satin de soie verte, bouquet de fleurs. — Long., 2 m. 50 cent. sur 80 cent.

54 — Petit lambrequin, satin fond blanc avec broderie de soie de couleur, frange dorée. — Long., 1 m. 10 cent.

55 — Deux grands rideaux de lit en soie damassée couleur verte.

56 — Dessus de lutrin soie de couleur, à fleurs sur fond jaune, frange argentée. — 2 mètres de long.

57 — Bandeau en satin blanc broché de fleurs de couleurs. — Long., 1 m. 20 cent. sur 50 cent.

58 — Deux pentes de lit en soie jaune à dessins, tissée d'argent, encadrement en galons d'argent. — Long., 1 m. 50 cent. sur 40 cent. et 2 mètres sur 40 cent.

58 *bis* — Troisième partie du même lit. Époque Louis XIII. — Long., 1 m. 60 cent. sur 50 cent.

59 — Grand gilet en soie lie de vin, avec grands bouquets de couleur blanche. Époque Louis XV.

60 — Chape en soie de couleur.

61 — Chasuble en velours de couleur, époque Louis XIII, avec galons dentelle, et voile de calice également en velours à dessins.

62 — Dos et voile de chasuble en gros de Tours broché or fin.

63 — Chasuble en soie de couleur avec galon partie dorée et partie argentée.

64 — Chasuble en damas vert.

65 — Petit tapis en soie bleue brochée d'or.

66 — Chasuble avec son voile, rayures de couleur sur fond vert.

67 — Chasuble damassée rouge avec croix de soie et bouquets de fleurs dans des vases. Époque Louis XVI.

68 — Parement d'autel en soie damassée vert.

69 — Devant d'autel en soie brochée en couleur, tissée d'argent sur fond blanc, époque Louis XV, frange de soie de couleur.

70 — Petit devant d'autel, soie blanche brochée de fleurs et fruits de couleur.

71 — Petit lambrequin en satin bleu avec ruban et chenille application, frange dorée. — Long., 1 m. 90.

72 — Petit bandeau, satin blanc et vert.

73 — Chasuble soie couleur lie de vin et blanc.

74 — Voile de calice satin blanc, broderie d'application de soie de couleur.

75 — Très beau et grand voile de calice, broché soie de couleur, tissé d'or, très belle et large dentelle en or fin.

76 — Quatre voiles de calice en soie brochée de couleur, tous tissés d'or et d'argent avec encadrement de dentelle.

77 — Fond de baldaquin de lit en soie brochée de couleurs sur fond blanc. Époque Louis XV.

78 — Chasuble damassée rouge, croix en soie blanche, bouquets de fleurs de soie de couleurs tissés d'or.

79 — Voile de calice broché sur fond rouge, tissé d'or.

80 — Voile de calice en dauphiné de Tours, broché d'arbres couverts de fruits de diverses couleurs, beau galon doré.

81 — Six voiles de calice de nuances diverses.

82 — Deux pentes de lit. Drap couleur amadou avec application de ruban rouge. Époque Louis XIII.

83 — Autre pente en serge rouge avec application de ruban blanc.

84 — Autre pente en laine rouge avec broderie de soie de couleurs. Époque Henri II.

85 — Deux étoles en soie, brodées de soie de couleurs et chenille avec addition d'or et d'argent.

86 — Lot d'étoles et de manipules en soies de couleurs.

87 — Belle bannière en broderie : Anges entourant un Saint-Sacrement brodé or et argent.

88 — Belle bannière de soie blanche représentant la Vierge tenant dans sa main droite une rose et sur le bras gauche l'Enfant Jésus tenant le globe terrestre. Sujet en broderie de soie de couleurs d'une rare conservation.

89 — Bannière en damassé rouge avec figure d'évêque en broderie de soie de couleur.

90 — Dos de chape représentant, en broderie de couleur, l'Assomption de la Vierge entourée d'anges.

91 — La Vierge et l'Enfant Jésus dans des nuages, broderie sur damassé rouge.

92 — Grande bannière en damassé blanc représentant, en broderie, une Assomption.

93 — Dos de chape en damassé rouge, représen-

tant en broderie la Vierge, nimbée de paillettes d'or et tenant sur ses genoux l'Enfant Jésus également nimbé. La robe de la Vierge multicolore, dans lequel domine le rouge, est également couverte de paillettes d'or.

94 — Petite bannière en damassé violet, représentant la Vierge et l'Enfant Jésus.

95 — Broderie représentant un évêque avec un bœuf.

96 — Bannière en damassé grenat : Vierge et Enfant Jésus.

97 — Broderie représentant un évêque avec sa crosse.

98 — Bannière en soie moirée blanche, représentant l'Immaculée Conception, avec galon et frange dorée.

99 — Broderie représentant un évêque avec sa crosse.

100 — Bannière en damassé rouge avec frange argentée, représentant en broderie la Vierge et l'Enfant Jésus.

101 — Deux sujets en broderie représentant deux diacres en lecture.

102 — Voile de calice décoré d'une figure d'évêque.

103 — Chasuble en velours de soie couleur grenat.

104 — Autre chasuble, velours grenat avec galon doré.

105 — Bandeau en velours de soie, couleur crème.

106 — Chasuble en serge verte, croix en satin rouge et fleurs.

107 — Chasuble avec voile, grosses tulipes sur fond lie de vin.

108 — Chasuble, croix en soie de couleurs tissée d'argent. Galon argenté avec fleurettes dorées.

109 — Chasuble en damassé rouge avec croix en soie. Époque Louis XIII.

110 — Deux chasubles en soie de couleurs.

111 — Chape en soie, fond blanc à dessin, couleurs variées broché. Galon de soie blanche.

112 — Chape soie couleurs saumon, brochée de guirlandes de fleurs, bouquets de fleurs, tissée d'argent, orfrois et chaperon en broderie de soie de couleurs.

113 — Dessus de lit, toile de Jouy, scènes champêtres, personnages, animaux; signé Oberkampf. Manufacture de Versailles.

114 — Habit en soie brochée sur fond lie de vin. Époque Louis XIII.

115 — Lot de mousseline brodée.

116 — Dentelle guipure avec réseau. Long., 4 mètres sur 25 cent.

117 — Dessus de lit en guipure carrés toile et guipure sur filet. 1 m. 60 cent.

118 — Dessus de lit en carrés de toile brodés à jour, et carrés broderies sur filet avec petite bordure sur filet tout autour. 1 m. 70 cent. carré.

119 — Voile de calice en soie tissée d'argent et brochée d'or, avec croix grecque en application de velours et paillettes d'or, galon d'or fin.

120 — Lambrequin en soie brodée d'oiseaux chimériques et de scarabées en soie de couleur au point de chaînette.

121 — Album de cinquante feuillets renfermant des étoffes et des soieries brochées et tissées d'or et d'argent des XVIe, XVIIe et XVIIIe siècles.

122 — Album de cinquante feuillets, soieries brochées des époques Louis XIV, Louis XV et Louis XVI, velours de Gênes, de Toscane et du temps de Henri II.

123 — Album de cinquante feuillets, échantillons de soieries anciennes.

124 — Album d'échantillons de velours anciens lamés d'or et d'argent, des fabriques de Gênes, Palerme, Venise, Florence, etc., soieries brochées d'or et d'argent du XVIe au XVIIIe siècle.

125 — Album de toiles imprimées à personnages et animaux, fleurs et fruits du XVIIIe siècle.

126 — Grande portière en application de velours rouge sur fond jaune. XVIe siècle.

127 — Quatre portières de Syrie.

128 — Chasuble en étoffe rouge, avec bande brodée d'or du XVIe siècle.

129 — Feuille d'écran en tapisserie du temps de Louis XIII, à figure de Cérès, avec effilé d'or.

130 — Quatre tapis orientaux.

131 — Deux panneaux en tapisserie à figures et verdure.

CURIOSITÉS — PORCELAINES ET FAIENCES

132 — Terre cuite. — Buste de Mme Dubarry, grandeur nature.

133 — Terre cuite. — Groupe : Faune et Bacchante.

134 — Divinité bouddhique accroupie, en bois doré.

135 — Deux écussons à figures d'enfants, en bois sculpté du xviiie siècle.

136 — Grand écusson armorié, en bois doré et peint, flanqué de deux figures.

137 — Petite glace Louis XVI et une guirlande en bois sculpté et doré.

138 — Petite collection de tasses, soucoupes, théières et sucriers en porcelaine ancienne de Chine et du Japon ; jardinières, potiches en faïence de Rouen, de Delft et autres ; verrerie, boîte en émail, flacons en porcelaine d'Allemagne, etc., etc.

139 — Deux potiches en porcelaine moderne de Chine, à figures.

140 — Gourde lenticulaire en porcelaine de Chine.

141 — Trois pièces : plateau en porcelaine de Vienne décoré de fleurs, une coupe et un encrier en porcelaine gros bleu et or et un buste de Rousseau en porcelaine.

142 — Salière en émail de Saxe.

143 — Cinquante-quatre pièces, porcelaines, faïences, verrerie, étain, cabinets, suspension, hallebarde, terre cuite, dessus de canapé en tapisserie, album de gravures et objets de vitrine.

144 — Deux plats creux en vieux Chine, décorés de cavaliers et de figures de femmes, en émaux de la famille verte.

145 — Deux assiettes en ancienne faïence de Delft, décor bleu à sujets bibliques.

146 — Six pièces : assiette en faïence de Moustiers, petite assiette en faïence de Castelli, deux assiettes en Delft à figures et un plat en Japon à décor bleu.

147 — Cabaret de cinq pièces en Wedgwood, à fond bleu.

148 — Montre en ivoire et petite horloge de voyage.

149 — Brassard italien en ivoire gravé, dans un étui.

150 — Quatorze couteaux à lame en argent et faïence décorée.

151 — Vingt-quatre pièces : couteaux à manches en porcelaine de Chantilly et de Saint-Cloud.

152 — Grande coupe sur piédouche en porcelaine de Sèvres, fond bleu à décor doré.

153 — Baromètre et tabouret Louis XVI.

154 — Cinq pièces : statuette de saint en bois sculpté, deux encriers en faïence, un poignard oriental en argent niellé et une miniature, portrait d'homme.

155 — Lit Louis XVI et deux chaises en bois peint en blanc.

156 — Gaine en marbre du Languedoc.

157 — Commode Louis XVI en acajou.

158 — Vingt-trois pièces : deux vases en Chine moderne, une assiette en Japon montée en bronze, deux porte-cigares en broderie orientale, une soucoupe en Chine, une miniature, un éventail, deux plats ronds en étain, deux flambeaux en bois sculpté, quatre flambeaux

argentés, quatre boutons en acier, deux volumes et un atlas. (Ce lot sera divisé.)

159 — Quatre scarabées.

160 — Six figurines en bronze.

161 — Deux émaux et six miniatures : Portraits de femmes.

162 — Belle défense de narval, entièrement sculptée à figures et amours se jouant dans des feuillages. XVIIe siècle.

Elle provient de la collection Zitta.

163 — Étole couverte d'ornements brodés en or. XVIe siècle.

164 — Belle paire de pistolets avec montures en bois sculpté et garnitures en fer finement ciselées. Les canons portent la marque de la fabrique de *Pistoja*. XVIIIe siècle.

165 — Plat en cuivre, à figures et ornements en relief.

166 — Bas-relief en cire peinte. Saint Jean dans un paysage accidenté. XVIIe siècle.

167 — Vidrecome en argent, du XVIIe siècle. Le couvercle est surmonté d'une figurine de satyre assis et un écusson armorié a été rapporté à l'intérieur.

168 — Grand pot en grès de Flandres, en grès émaillé brun, décoré de figurines de soldats et portant la date de 1584.

169 — Pot en terre émaillée de Munich avec couvercle et décoré de figurines en relief émaillées en couleurs.

170 — Cruche en grès émaillé gris et bleu, portant dans un médaillon la figure équestre du roi Guillaume III d'Angleterre.

171 — Encrier circulaire en cuir gaufré du XVIe siècle.

172 — Sonnette indienne en cuivre gravé et surmontée d'une figurine.

173 — Dague à poignée et garde en fer tourné.

174 — Boîte oblongue, genre vernis Martin, décorée d'un sujet de chasse à personnages.

175 — Deux boîtes en émail de Saxe, à décors variés.

176 — Petit cadre en bois sculpté, à ornements.

177 — Deux autres petits cadres en bois sculpté et doré.

178 — Quatre miroirs ovales avec cadres en cuivre argenté. XVIIIe siècle.

MEUBLES

179 — Grand meuble breton en bois sculpté.

180 — Deux bahuts en bois sculpté.

181 — Buffet en chêne sculpté.

182 — Commode en bois de rose garnie de bronzes.

183 — Petit bureau en bois de rose.

184 — Encoignure laquée.

185 — Pendule à cage en bois.

186 — Faïences.

187 — Tableaux et photographies.

TAPISSERIE

188 — Grande tapisserie à sujet tiré du Nouveau Testament. Groupe de figures dans un paysage. Large bordure à petites figures et ornements. XVIe siècle.

www.ingramcontent.com/pod-product-compliance
Ingram Content Group UK Ltd.
Pitfield, Milton Keynes, MK11 3LW, UK
UKHW032035260826
14628UKWH00006B/2967

9 782329 379739